わがふらぐめんと

東野 岬
misaki higashino

澪標

わがふらぐめんと　目次

ミシン

ふらぐめんつ　九十五葉

wandering

全写真撮影　著者

遊行

fleeting

a work by Mariya Suzuki

装幀　上野かおる

ミシン

ミシン

ほんで、そのひとは、唐突にやってきはった。おかあちゃんは、「昔のともだちに、ひさしぶりに会《お》うたんやけど、あんたの小さい頃をよう知ってるひとやから、連れてきたんや」って言うたけど、なんや分からへんので、うちは黙って座ってた。そのひとは、「勉強は、どないや」とか「修学旅行は、どこに行くんや」とか……ほんで、「修学旅行行くんやったら、小遣いいるやろ」言うて、背広の内ポケットに手ェ突っ込みはった。うちは、へんな感じがして、「そんなん、ええですわ」って、言うてもうたんやけど……中学二年の秋口やった。そのひとは、内ポケットに差し込んだ手ェ、そのままにして、「そ……そやろなぁ」と、さびしそうに言いはった。おかあちゃんは、あとから、あのひと、佐田啓二に似てるやろとか、いろいろ言うてたけど、うちは、そんなん知らへん。

それまで、おかあちゃんは、死んだおとうはんのこと、よう話してはった。「あんたのおとうはんは、ほんまカッコよかったんやで。河内音頭踊らしたら、世界一や。手さばき、足さばきがようてなぁ。周りに、おんなのひと、ようけ、くっついてた」「河内音頭に、世界一って、あるのん？」「そら、あるやろ、大阪で一番やねんから、世界一やろ」「おかあちゃん、あんたなぁ……」。若い頃、モダン・ダンス習ってたおかあちゃんが、なんで、河内音頭やってはったおとうはんと出会うたのかは知らへん。おかあちゃんが、ダンスできめてる若い頃の写真が一枚あるだけ。ほかの写真はみな捨ててしもたって、言うてた。

おかあちゃんは、おもろいことが大好きやった。あるとき、こんなこと言うてた。「ほんま、真剣に悩んでんねん」「なんやのん」「最近、パッと、おもろいこと、言われへんようになってきてん。病気やろか」「えっ、それが悩み、かいな……う〜ん、大丈夫や。その悩みがすでにおもろいから……」

おかあちゃんは、勝気で、なんでも自分で決めな、気ィ済まへん質《たち》やった。会社でも、そこの部長はんと、ようケンカして帰ってきてた。「うちは、いややや言うたら、いややねん」って言うて。でも夜中にひとり泣いてはったん、よう憶えてる。

おかあちゃんが、家にいるときは、いつも足踏みミシン踏んではった。うちは、あんまり、おカネの苦労せえへんかったけど、うちらが生きていけるのも、このミシンのおかげやなぁって、なんか、いつも思うてた。おかあちゃん、朝は早《は》よから、洋裁しに会社に行ってて、夜遅う帰ってきたと思うたら、うちが寝てる部屋の隣で、ミシン踏んでる。夜なべして、ずっと裁断したりしてて、いつ寝てるんやろと思うてた。いつのまにか足踏みミシンが、電動式になったときには、これ、商売用やでって言うて、うちにも自慢してた。

うちの愉しみは、ミシンの引き出しに入ってる色とりどりのボタンに触って、色や形を確かめたりすることやった。大小無数のボタンは、まるで夢の宝石みたいで、ざらざら触ったり、きちんと並べたり、お膳のうえで、おはじきにしたりで、それだけで幸せやった。

おかあちゃんは、たまに、一緒に眠るときには、「寝るほどラクがこの世にあるか。起きて働くアホもいるってな」と呪文みたいにひとりごと、言うてた。やっぱり、しんどかったんやろなぁ。

うちが小学校の頃、いっとき、住み込みで、アパートの管理人をやるようになって、おかあちゃんが管理人室、うちがその隣のひと部屋を借りて、カギ掛けて、暮らしてたんやけど、その頃から、気持ちがおかしうなって、夜中になったら、蛍光灯のながく垂れてるスイッチが回りだすんやね。くるくるくる回って、ほんで、そのうち部屋も回りはじめる。上下左右に回るから、もうこわぁて、こわぁて……おかあちゃんって呼ぶんやけど、カギの掛かった隣の部屋やから、行かれへんし、聴こえへんねん。そのうち学校でも、国語の教科書を立って読まされたときに、教室がぐるぐる回りだして、もう、どうしようもなくて、ほんで、精神科のお医者さんとこに連れていってもろてた。あれは、なんやったんやろ。

おかあちゃんは、なんかいうたら、新しい借家を見つけてきて、すぐうちに言うんや。「ええ家《うち》見つけてきたんや。引っ越ししたいんやけど、どやろか」……うちは、おかあちゃんと一緒やったら、そんでええから、「ええよ」と言うんやけど、ほんまは、言いたいねん。「うちに言う前に、もうすでに自分で決めてるがな」って。そら、うちが、あかんという理由《わけ》はあらへん。学校変わったらええだけやから。「ええで」っていうと、「そうか。悪いなぁ」言うて、うれしそうにしてる。おかあちゃんは、きっと、どっかへ行くのん、好きやったんやろな。どこへ引っ越しするときでも、トラックの荷台に荷物と一緒に乗って、ふたりで風切ってたん、憶えてる。小学校で六回、中学校で三回引っ越ししたんやけど、越境通学もしてたから、学校変わったんは、小学校は四回、中学校が二回や。うちらは、ほんまは、どこへ行きたかったんやろ。

それでも、うちにとって引っ越しは、いち大事で、そらそや、転校したら、もうみんな、できてしもてるクラスに飛び込んでいくんやから。はじめの十日間くらいで、うちの性格は、みんなのなかで決まってしまう。うかうかしてたら、おとなしい子になってしまう。はじめから、かまさなあかんねん。おとなしい子という、レッテル貼られたら、その性格で三月まで過ごさなあかん。たしかにそれも、うちの性格なんやろうけど、自分が固まっていくのが分かるンで、しんどなる。やっぱり、はじめから、はじけてると思われといたほうがええ。そやから、転校した学校ごとに、うちの性格は違う。みんなが決めたうちの性格やけど。みんなが決めた性格しか、うちにはないような気もするんやけどね。

おかあちゃんは、おとうはんが死んだって、言うてたけど、仏壇もないし、うちの家の仏さんはどこにおるんやろ、っていつも思うてた。

うちがおおきくなってから、親戚のおばちゃんが、話してくれたんや。あんたのおかあちゃんとおとうはんは、若い頃、和泉府中で、一緒に住んでて、おとうはんは、和泉の黒鳥いうとこの毛布会社のボンボンで、そこのご隠居さんが、おとうはんを連れ戻しにきて、それっきり、帰ってきィひんかったんや。おとうはん、男前で、おかあちゃんのこと、好きやったけど、気ィ弱かったんやって。そのとき、おかあちゃんのおなかには、もう赤ちゃんができてて、苦しんで、苦しんで、左手首切って、死んでしまおとしたんやけど、アパートの隣のひとに助けられて、もう一回、おなかの子のために、生きる気になったんやって。ほんで、あんた育てるために、洋裁を本格的に習うて、モダンダンスやってたときに、踊るとき着たい服縫うため、ドレミに通ってたりしたから、それから洋裁店の見本を縫うくらいの実力付けて、生きてきたんや、えらいやろって。

そうや……あのひとは、あのとき、おかあちゃんに、うちが大学行ったり、就職したり、結婚したりするときに、私生児やったら、困ることあるやろから、認知だけでもしたってって頼まれて……おとうはんとこにも、娘さんがふたりもいたはるらしいのに、それ認めて、一緒に和泉市の役場に行って、ほんで、その帰りに寄ってくれたんや。娘をひとめ見たいから言うて……そのこと、うちはいつ知ったんやろ。もうどこでだれに聞いたかも忘れてしもた。でもきっと、おかあちゃん自身からやろな。そのとき、おかあちゃんは、一回だけ、おとうはんは生きてるんやで、って言うたんやと思う。たった一回だけ。

どんなことでも、腫れもんには触ったらあかんいうて、だれか言うてたけど、ひとのこころはみんな腫れもんや。せやから、大事に大事に触ったらええねん。

あっ、おかあちゃんが、下から呼んでる。「ごはんやで……早よ、降りてこんと、お汁《つい》、冷めんで」って……「はあい」……ほんで、おかあちゃんのなかで、おとうはんは、いまも佐田啓二みたいなん？

おとうはんとおかあちゃんが、一緒に暮らしてたんは、うちにとって勲章や。なんでって、うちが生まれたんやから。おとうはん、うちは、おとうはんに一回しか会われへんかったけど、あのとき、おとうはんはカッコええなぁって思うたんやで。いまやったら、ちょっとだけやけど、ほんまに、ちょっとだけやけど、分かるんや。おとうはんの気持ちが……。

おとうはん、うちとおとうはんは、あのとき、ほんまはきっと、ふたりできれいな空駈けてたんや。

SINGER

放置《そっと》

ツクシもフキノトウもタケノコもウドも……
早春の舌先は、いつもほろ苦く、黄昏に佇んでいる。
あのひとを傷つけた。

あのひとのこころは、ライラック。やわらかく、脆《もろ》く、こわれやすい。
だがときに、アリッサムみたいに、秘めやかに勁《つよ》くなる。

「しばらく、わたしをそっとしておいてください」。そのひとが言った。
いつも唐突に出逢って、あげたり、もらったりして、生きていければいいのだけれど。あのひとにあげるものが、見つからない。もらうものは、なんだろう。

欲しいものは、深夜のクサマダラオオコビト。
あげたいものは、春霞の装束。

いつかつぶやいた。「放っておかれるのって、キライじゃない」
だけど、ずっと、じゃなくて、すうっと、でもなくて、
ふっと、で、そっと。

欲望だけは朧《おぼ》ろにあるが、欲望だけでは生きていけない。
絶望するには遠すぎて、希望だけでは退屈だ。
「好きになったひとには……束縛してもいいですか……いつもそう尋ねてきました」

束縛、繫縛、具縛、自縛……

縛るよりは、縛られる方がいい。自由はその先にひっそり宿っている。
だけど、縛る体力も、縛られる気力も、もう失せた。

ぶつかり、触れ合い、確かめあって、生きる意味を重ねていくと、
いつしか、ぼくらは出逢えるのだろうか。
生きる〝無意味〟を重ねるほうが、ぼくらをふかく息づかせるのだろうか。

「あたしは、きちんと恋がしたいだけなのに……」

ああ、もっともっと苦味を盛れ。
ツクシやフキノトウのアルカロイドに染まって、春先の草花たちと一緒に
踊り明かせればいいのだけれど。

恋情

秘すれば花。初恋も、純愛も、熟愛も、不義も。男に芽生えた恋情は、女にそこはかとなく。無言の在り処《か》がふたりを淡く、勁《つよ》く、熱く。一緒になるも、ならないも、時の狭間、夢のまた夢。恋《こ》ふることでなにかを成して、愛《お》しむことでなにかを完《お》えて。ああ、ほかになにがいる。ふたりだけなら、誰が知ろう。秘せよ、初恋。隠せよ、純愛。伏せよ、熟愛。忍べよ、不義。恋は、もの狂い。

得恋

おとこはんはよろしいなぁ。まぼろし信じて生きてはって。色恋は落ちたときから、もう長い試練のはじまりでおます。うまくいっても、いかんでも、毎日はやってきますし、暮らしはやっていかなあきまへん。おとこはんは、そらぁ行ったり来たりしやはるし、ときに、居のうなりはるし、ほんで、稚児《ややこ》を授かったりもします。せやけど、命つなぐのは、わてらでっせ。そやから、初恋でも、純愛でも、熱愛でも、不義でも、こころ奪われたときから、おなごの天下でおます。そうでっしゃろ、おかあはん。

道行《みちゆき》

心中したらあきまへんと、国家《おかみ》方面のお方が言わはりました。あてらが心中したら、なんぞ困りはることがありますのん。そら、あんたらの言うことは聞かしまへん。あんたらがいう皆《み》んなとは一緒に行かしまへん。そやけど、それは、心中を思い立つ前からや……。いまに始まったことや、おまへん。誓詞、断髪、黥《げい》、放爪《ほうそう》、切指、貫肉《かんにく》。心中《しんちゅう》尽くして、好きなお方と添い遂げたいだけ。誰にも迷惑掛けしまへんやろ。「恋情《こひなさけ》。爰《ここ》を瀬にせん。蜆《しじみ》川流るゝ水も。行通《ゆきかよ》ふ。人も音せぬ丑三《うしみつ》の。空十五夜の月冴えて」。そら、お骨は拾うてもらわなあきまへんけど、それはちゃんと親戚筋に頼んでいきまっさ。それでも、あきまへん？　心中が流行りだすやって？　何言うてんねん。〝忠〟がひっくり返り、でんぐり返って、心中。ほんま、心中は、心ん中……あんたらが到底及ばんとこ。忠臣なんか、要らしまへん。「恋風の。身にしゞみ川。流れてはそのうつせ貝うつゝなき。色の闇夜を照らせとて。夜毎にともす灯火は。四季の蛍よ雨夜の星か」。なめたらあかん。働く国民が減るやて？　市民がやる気無くすやって？　そやけど、あんたらの言うてる民って、あんたらの都合だけの民やんか。そんなん、ほんまはおるのん？　株や原発、戦争景気で繋がってるだけちゃうのん。同じ穴のむじなや。倦怠が蔓延するって？　そら、あんたらがいるからやで。あてらは、管理されたり、抑圧されたり、殺し合いしたりするのんが、イヤなだけなんや。押し付けがましいこと言わんといて。そやけど、ほんまは、そんなこと、関係ないねん。あては、心底惚れたお方と添い遂げたいだけ。遊女風情と言うなかれ。あの人は、ほんま、きれいな生きもんなんや。「えい〳〵烏がな烏がな。浮気烏が月夜も闇も。首尾を求めて逢はう〳〵とさ。青編笠の。紅葉《もみぢ》して。炭火ほのめく夕《ゆふべ》まで　思ひ〳〵の恋風や。恋と哀《あはれ》は種《たね》一《ひと》つ」。ほんで、「相対死《あいたいじに》」やなんて、無粋な言葉、使わんといて。心中《しんちゅう》尽くしてこそ、心中や。そんな考えは、生きることに積極的やないやって。積極的平和主義に反するって？　なんで？　平和は、戦争して、勝ち取るもんなん？　それって、殺しに行くことちゃうのん。そんなに積極的にならなあかんもんなん？　惚れたひとと一緒に逝く平和は、ないのん？　あんたら、言うとくけど、積極的〈心中〉主義というのもあるんやで。近松はんも言うたはる。添い遂げる自由。えっ、いつの間にやら心中も、自粛の世の中でっか。禁令「男女中合《もうしあわせ》人の仕置き」って、何《なん》なん！　そんなん、逝きたいときに、逝きたいとこへ行かれへんようになったら、もう死んでしもたほうがましや。ほんで、もいっかい聞くけど、国家《おかみ》は、なんで困るん？　ちゃんと言わへんかったら、ほんまに逝ってしまうで。「さしも草草のはすはな世に交じり。三十三に御身を変へ色で。導き情けで教へ。恋を菩提の橋となし。渡して救ふ観世音」。ほら、皆《み》んなで、あっち方面へ道行や。

＊近松門左衛門「曾根崎心中」「心中天の網島」「冥土の飛脚」から引用。

夕凪

音を聞いているつもりだったのだ
きみの
まだ声になるまえの
喉のふるえ
かわき
かすれ

ぼくたちは、きょう出逢い
こうして夕暮れの隣りにすわり込んでいる
きみの無造作な足先
草いきれのすっぱい匂い

堤防で
ずっと傾いたまま

確か、さっき
すこし話し込んで、そうして
お互いの音域を確かめたよね
で、どうだった？
なにかが届いたろうか

三百十五年まえの
きみの喉はどんなふう？
ごくんと飲み込んだものはなに？
その時の遠い音……
なつかしいね

始まるのだか、始まらないのだか
夕凪の気配に少し汗ばんで
無音のざわめきに
ふたりして

研ぎ屋

そして　研ぎ屋はゆく
世界中の刃物を研ぎに……
錆びたナイフはありませんか
錆びた包丁はありませんか
錆びたこころはありませんか
よく切れるナイフに仕上げますよ
グサッと刺さる包丁に仕上げますよ
スキンヘッドも　ツルツルピッカピカ
錆びたこころも　クルリンパ
うらみも晴れて　すっかりピカリ
でも　うらみはカンタンに晴れてもいけませんな

その気になってはいけません
その気にならなくてもいけません
按配よく　気長に　気丈に
無論　あなたのこころにはお刺しになりませんように……
くれぐれも　はっはは

K

昔　Kというむすめがいて
まよなか肩寄せ合って　ただ歩いた
ＭＡＫＩのうたを　何度も何度もうたいながらね
夜が明けたら〜にぎわい〜ちっちゃな時から〜夕凪のとき〜港の彼岸花〜

小指のいちばん先で
朝めざめる前に死んじまったけど
人生はすこしだけ　こころに抱えてるものがあれば
それで十分
長さなんて　カンケーないよ

Kが言ってた
「自分が信じられないくらい　ひとを信じたい」って

ある日　まちをひとりで歩いてたら
失踪したままの父さんが　若い女の子と腕組みながら近づいてきたの
そしてね
「よォ　元気か」って
あたしは「うん」とだけ言って　なんにもなかったかのように通り過ぎたけど
おなかのなかでは　なんだかヘンにおかしくって
「もうすこし　うまくやりなよ」って言ってやりたかったさ

父さんって　なんか突拍子もなくて　いいかげんで　でも　せいいっぱいで
どこか憎めなくって
それって　だれかに似てない？

新しいカレが何度もできて
その度に　きちんと一緒に暮らして
だけどすこしずつ　哀しい男に移っていって
最後は　ひとりぼっちで
からだ壊して　やまい抱えて……
でもKの周りには　いつもなつかしい風が吹いてた
「さびしいくらいが幸せ」って　いつか言ったよナ

Kがときどき　あっちから言うんだ
世界が終わらないようにって
やっぱり　ひとりとひとり
あんたとあたしが大切なんだって

ぼくはまだまだ　ぼく自身でしかないけれど
いつか　ぼくからもはるか遠くへ行けたらいいね

ぼくのなかのKも　いつしか溶けて
Kでもぼくでも　なくなって
きれいな透明の液体になりますように

ハウス

おれが帰り着くと、あっ、またわが家が動いている。昨夜もそうだった。こっちにではなく、あっちに。田んぼのほうに、とことことこ、と。境界標だけ残って、するりと向こうへ。一日三十センチほど。なぜ分かるかって、そりぁ、思わず計ったよ。帰る距離が遠くなる。日々、帰る時間が遅くなる。これまでは駅から十分で帰り着いたところが、今や、十三分。なぜ分かるかって、そりゃ、人知れず計ったもの。たしかに、引っ越ししたあとだというのに、気付けば、それまで住んでた家の玄関に立ってて、鍵を差し込もうとしたこともあったよ。たしかに、昔、マンションの階を間違えて、夜中に、開けろとわめいて、ドアをドンドン叩いていたこともあったよ。でもね、そりゃ、ないだろ。仕事終わりに、家にそのまま帰るのがなんかせつなくて、毎日のように、酒場のスツールに腰掛けているよ。『はてない伴侶よ。／文明のない、さびしい明るさが／文明の一漂流物、私をながめる。／胡椒や、ゴムの／プランター達をながめたやうに。／「かへらないことが最善だよ。」／それは放浪の哲学』って、金子光晴の詩をよく口ずさんでいるよ。碧水さんの「帰る家　あるが悲しき　鰯雲」なんて句を愛唱して、悦に入ってるよ。そりゃあ、まともな時間に帰り着くのは、クリスマスと誕生日、年に二回ぐらいだよ。でもね、クリスマスと誕生日にきちんと帰るなんて、どれだけエライ！　わが家がおれから逃げてる？　まあ、あり得るか。あんま、家に帰りたがらんかったからな。いや、そんなわけないだろう。そのうち目に見えないところまで歩いていってしまって、わが家が迷子にでもなったら、おれはこの鍵をどうすればいい。鍵を見つめて、鍵と一緒に、鍵の哀しみを謳《うた》うかい。それはそうと、カミさんはどうしたの。家と一緒に引っ越しかい。そりゃあ、いつも帰るの遅いし、三日間ほど、音沙汰無しで留守にしたこともあったよ。ずっと飲み歩いてて、早朝にバレないようにそっとドアを開けたら、カミさんが、その日だけ早めに勤めに出るところで、玄関で鉢合わせ。「あなた、帰ってきてくれたのね」って。えっ、「あなた、帰ってきたの」じゃないの。うーん、おれには、「帰ってきてくれたの」に聞こえたけど、カミさんは、そんなこと言ったかなと、ああ、永遠の謎。そして、そうして、わが家を探し求めて、三千里。それで？　いつの間にか、家だけ自宅に戻ってきていて……えっ、なぁんだ、結局、おれが消失したって。まっ……まあ、いいか。

ふらぐめんつ

九十五葉

文庫に、いつも倉敷須布のブックカバーを掛ける。オーシャンブルー、コバルトブルー、フォレストグリーン……海や森を連れてきたかのような単色カバーの色合いが視線を優しく包み、物語の世界に入っていきやすくしてくれる。文庫を開くたび、てのひらにコーマ生地の粗く乾いた感触が伝わってきて、きっと、目や脳が活字を追うよりはやく、指先が、物語に触っている。

16／10／25

ある日突然、幸せが来たからというて、溺れたらあかんで。幸せは、すこしするとちょっとずつ不幸せになるで。ひとの数だけ不幸せはあるけど、幸せはどうも画一的や。あたし、幸せって言うひとの顔見たら分かる。あんまり幸せそうな顔しとらん。そやから、ちょっぴり不幸せな幸せ者《もん》がええな。

13／03／24

fragments

ひとは、なにかを諦めることで、ヒト科であるだけの存在から、やっとひと属になれる。なにをどう諦めるのか、その諦め方こそが、そのひとのふかみを決めるような気がする。で、人生がやってくるものではなく、選び取るものである以上、なにかを諦めることは、もっと大切ななにかをけっして諦めないということなのだろう。おれは、なにを諦めきれずにいるんだろうか。

15／10／27

出逢いって何だろうかと思います。五十年を超える人生で、たくさんのひとに逢ってきて、もう新しいひとに出逢うのはいいよな、疲れるよな、と思ったりもします。いままでつきあったひとをどんなふうに大切に思いつづけるか、いや、いつどんなふうに別れてしまうのか。いつかきちんと別れるために、いま出逢っているって気持ちもあります。また、たしかに逢いつづけられるのは、とても幸運なことですが、ずっと逢わないで（逢えないで）心で感じているのも、やはり逢い方のひとつなんだなと、思います。逢わないでいるあなたに、いつもありがとう。

05／01／16

fragments

夕刻、道頓堀界隈をふらつくと妙にこころ騒ぐのは、ちらちらしだすネオンのせいかと長年、思っていたが、どうも道頓堀川と関係があるらしいと、今頃になって気付いた。潤うのだ。水辺がひたひたと乾いた心を満たしてくる。道頓堀川は、川面に流れがなく、澱んでいる分、おれでもここにいてもいいんだと心底思えてくる。夜に向かって行き交うおんなたちと、川面に揺れるネオンに紛れて、おれは今夜もここにいる。澱んだ川筋に歓楽街ができるのは、男の心に見合っている。

97／06／10

ものごころついてから、身を傾け、斜に構えて、暮らしてきたが、最近、重心を掛けすぎたほうの足が穴凹《ぼこ》にはまり込んでいる。深くて、暗い穴ならまだしも、どうも単なる泥の水たまり……らしい。つねづね、「すき間だらけで、すきがない」ほどの逆説に届くことを願って生きてきたが、このところ、どの仕事も満足にこなせていない。幾人かのひとに迷惑も掛けた。この際、もうすこし身を軽くして、ある意思をもって、くっきりと身をねじろうと思う。「世俗にまみれて、通俗に堕ちず」。このアフォリズムをこそ、もういちど。

00／04／03

少年について考えている。北に向かって、ひたすら走った少年のことを。殺意……たぶんだれもが抱くであろう、少年期の、世界に対する感情の別名。殺してやりたいやつのひとりやふたりは必ずいる。ただ少年は、悲しいことに、感情の向こうへ踏み込んだ。たぶん、一瞬、生きることへの問いかけを捨てたんだ。だが、こう言ってはミもフタもないかもしれんが、たとえ親を殺したって、やり直しは効く。多くの十七歳が、きっと少年をみつめている。まるで自分に向かうのと同じ感情に戸惑いながら。

00／07／17

人々の脳のかたちや構造がすこしずつずれはじめ、分化しはじめているように感じます。そこには、相似形であるけれど、まるで異なる種子が蒔かれ、育ちはじめているかのようです。われわれの葛藤も、また新たな現実に立ち向かわざるを得ないのかとふと考えつつ、幸いなるかな、いつものように、私は酔っぱらっているのです。不精で怠惰な男でごめんなさい。ああ、これでもせいいっぱいなのですよ。

95／04／15

真冬になると、おれの上にはいつもオリオンがいて、おれを慰撫する。愉しさや歓びや愛しさ、ばかりでなく、苦しみや、哀しみや、絶望さえも……幾多の感情が、逃げずに、おれを満たしてくれますように。星たちが、けっして、おれの、こころの引っ掻き傷ではありませんように。

16／02／16

なぜひとは硬直するのか。わたしは、ひさかたぶりに、振れ幅の大きな日々を送ったが、そのことが結果的に、生をよりふかくしてくれた。改めて、仲間たちがそれぞれ固有の闘い方をしていて、そのなかで豊かさを描こうとしてきたことを知った。過剰になって、はじめて分かることがある。傷ついて、初めて、人の傷が見える。健康的でありすぎると、突然、死んだりすると言われるのも、傷や病気がときに、ひとをすこし躊躇させ、休ませて、心を癒すということの裏側にほかならないのだろう。不用意で、不注意なわたしは、いろんなひとに、「すまぬ、すまぬ」とわびつつ、一方で、相手をどこかで呑んだりしている。いかんな。〝弱い〟身体と〝強い〟精神をと思う。豊かな情感は、その先にある。日々の鍛練と放下、ですな。

06／01／17

死に接した。飲み屋で、よく会う男が唐突に死んだ。また、親友の弟がまだ十分に若くて、病で死んだという。死はやってくるんだなと、そのことは分かっているが、それでも、こころはふるえる。そいつの無念に、いや、ふかい戸惑いに、思いを馳せてしまう。死ぬのはいい。九十歳も百歳も生きているると、もういいかげんに、（そろそろ死なせろ）と思うだろう。重ねてきた感情の量や記憶の量に耐えきれずに。もういい、精神の葛藤は、と。言い方は悪いが、ボケて、ちゃんと鈍感になって、みんな忘れて、死んだことも忘れて……死ねたらいい。だが、ひとはそうはいかないよな。大半は、死ぬほど傷み、苦しんで、苦しみぬいて、死ぬ。それでも、と思う。やり終えたと思って、満足して死ぬより、苦しんでも、途上で行き倒れて死にたいと。向かう思いのなかで、前のめりに死にたいと。死が象徴する、ひとの不自由さの向こう側にこそ、自由はふらりと顔を覗かせている。

06／05／28

もう寝ようって時間が、もう起きよって時間だったりして。いつも朝に、敗北、してしまいます。

13／05／30

頁をめくれば、また巡る春。そこに、新たなわたしはいるのだろうか。使い古したわたしも、きちんと残っているのだろうか。

18／01／01

豊田勇造のライブを三十年ぶりに聴いた。勇造さんは、おれと同じ世代でちょっと兄貴だが、この三十年間を、日本と世界の、町から村へ、村から町へと、ずっと旅をつづけてきたんだなと思った。旅することじたいが、うたであるような、そんな豊田勇造のうたの数々が、旅暮らしではないおれの心にもしっくりときたものだった。おれは、いつも、夜の街こそさまよい、折々には、よく旅に出たが、旅がしみ込んだ暮らしでもなかった。だが、旅する思いは同じ。いくつになっても、せつなくて、さびしくて、だが、ときに愉快で、あたかかい種子をまく男でありたいと、そう思ったのだよ。

04/02/28

この夏、玉井敬友さんが久しぶりに、各地のヌード劇場の舞台を踏み、SMショー「伊藤晴雨伝　責め絵師と女」を演《や》っていると聞き、和歌山の「八光ミュージック」まで訪ねていった。スタッフの仲間入りをして、音響や照明を手伝ったが、居心地がよくて、楽屋に居ついてしまった。気のいい踊り子たちやスタッフのおやじたちと酒を汲み交わし、ふた晩、〝贅沢な時間〟を過ごした。その後、「川崎ロック」で落ち合う約束もした。フーゾクではなく、風俗。おれはやはり、いつも〝俗なる風〟の吹いている場所に向かっていたいのだと思う。

97／09／26

二冊の本に、〝その気〟をもらった。谷口雅男『ふるほん文庫やさんの軌跡』と高橋徹『古本屋月の輪書林』。ひとは思い入れと思い切りで生きているようなところがあって、結局、それがちゃんとできるかどうかだけなのだと思う。シラケてはいけない。ナメてはいけない。アヤシんではいけない。そのあとのことは、どうでも、どうあってもいいのだよ。

99／01／25

大工哲弘にいかれている。クーラーを切り、窓を開け、あまたの、でもまだ、なまあたたかい夜の風を引き入れつつ、部屋を暗くする。お酒が入ってすこしだらりとした身体に、大工の声が沁みる。昔、竹中労が島唄をＬＰ化していた頃の大工哲弘とは幾層も異なる、その声のふるえと揺れと野太さと妙な軽みが心地よい。力をくれる。男の成熟とはこういうことをいうのか。ゆったりとゆめうつつに向かう。

95／08／11

浅川マキをひさしぶりに聞いている。思い出した。なんというか、こころがざわめくような、ざわつくような感じ。なにかが起こるかもしれない、その予感。でも、闇、だから微かな光、渡る夜の風。たぶんおれは、いま気持ちよくなりたいのだ。気をやってしまうほどに。あなたに逢いたいのだ。そのために、おれ自身でありたいと願い、おれからもっとも遠い場所に行きたいと欲している。「おれは」というときに、消失しまう感情。ただひとりのあなたに、主語を捨てて、「好きなんだ」と発語できればいいのだけれど。

01／09／30

またひとり、大阪在住の表現者が逝った。中島らも五十二歳。若すぎるよな。死はいつも近くにある。それはそうなのだけれど、らもさんの場合は、特に、どんなじじいになるのか愉しみだったし(おれも一緒にね)、パンクじじいの小説やエッセイを読みたかった。一作ごとに凄味を増して、常にまだ見ぬおもしろさを予感させていたのに、ね。それにしても、最後の最期まで、うたや酒を楽しんで、らもさんらしいやりかたで、忽然と、飄然と、逝ったよなぁ。いつものように、アホなほど、カッコ良かったよ。

04/09/25

幾多の出演映画のなかを生き切って、人生のにがさ、せつなさ、いとしさの感情を鍛え上げたひとでした。終生、少年の眼差しと鋼の肉体を手放さず、最期は、望み通り、ひっそりと逝きました。小田剛一さん、ほんとうは、大好きだったダイビングをしに、南の島に出かけ、海に潜ったまま、失踪してしまったんじゃないですか。まるで、天空に消えたサン=テグジュペリのように。

14／11／20

どうしたら、こころを演じることができるのだろうか。たぶん、それは演じることと演じないことのはざまにあって、自分のこころもからだも、極限まで磨り減るくらいに、役の、そのひとのなかに、その思いのなかに身を置くこと。健さんはいつも、そのことを考えていたように思います。

14／11／18

肉体が過剰なのである。肉体が健康でありすぎるという病気に罹っている。こう書いた作家・中上健次は、その肉体の一部に、ガン細胞さえも過剰に生かして、ともに死んだ。

92／09／11

このところ、暇さえあれば、キャンプに出かけてる。ものを書くときも、頭を掻くときも、ああ、なにかを欠いてしまうときも、山んなかに、海べりにいたいと切実に思っている。書く、掻く、欠く、有情三段活用。とろりとろりと……すこしの酒で頭の芯が満ちて、地べたに身体を這わせて、眠りに就くとき。鼻先に土の匂いを嗅ぎ取って、ぽわんと目覚めるとき。すくなくとも、おれは素に戻っている。たしかに夢見た、と思える。

95／11／03

知らないひとのひとりごとを聞く機会が増えた。道端でも、ときに、車内でも。ああ、悪名高き携帯電話。声はそのひとを映す。だから、声を出すことは本来、恥ずかしいことなのだと思う。それを乗り越えて話しかけるから、相手に響く。声質、響き、ノイズ、沈黙……。わたしの耳に届くもの、届かないもの、届こうとしたもの、届きつつあるものをちゃんと知りたいと思っています。ただ、わたし自身の声はアルコール漬けで、たぶんに掠れていて、もうだれにも届かないでしょう。酒色の艶だけが頼りです。

97／01／12

ぼくたちはたしか、生まれたとき、震えてた……。最近、そのことが気になって仕方がありません。どうしても、知らず知らずのうちに、震えを止めて、〝生前〟硬直を起こしてしまう。つまらぬ安寧、つまらぬ合意、つまらぬ調和に絡め捕られてしまう。〝震えていた自分〟とはなんだったのか。そのことに無自覚であってはならないと。もっと、私性へ、もっと未成熟へ。

96／07／08

どうもこの時代、異端はすべからく〝傷ん〟でおり、浮浪は〝FROW〟に成り下がっているように感じる。先日、京都のSM館のオーナーと話す機会を得た。女子高生あたりが集団で興味を示して、遊びにやってくるようになったと……明るい喪失感。仮構の殺傷や言葉なぶりが刺激的であるとすれば、それは、さびしさや空白感の裏返しなのだろう。誰もが物語を信じて生きている。いや、物語に託して生きている。だから、不自由さでは事欠かない文字という媒介を通して、もういちど物語へ、と言ってみるが、ああ、わたしはまた、自分自身へと突き飛ばされる。

99/09/05

いつも、ぼくのこころのなかには、ちょっとニガい感じがあって、それが、真夜中にふと、浮かんだりする。いまが、そう。なにか原因があって、浮かんでくるんじゃなくて、いいことがあったときも、いやなことがあったときも、同じようにやってきて、ちょっと不安な気持ちになる。すこし沈んだ感情になる。このニガさって、なんなんだろう。生きてるニガさ？　だろうな。ニガくなきゃ、人生じゃない。いつか、このニガさが、ぼくを清めてくれる日が来るんだろうか。いつか……

12／09／17

旅に棲み、旅に遊ぶ……それが、ぼくの理想です。それは、具体的な旅でなくとも、家ん中、妄想をみちづれに彷徨《さまよ》うのも、かけがえのない旅です。それこそ、旅に棲む、ってもんでしょう。ぼくは、長い間に、家にいろんな宝モノや地雷を埋め込んでありますから。そうして、最期は、自分で埋め込んだ地雷を踏んで、さっぱり跡形もなく、消えていきましょう。いい旅だったなと、つぶやきながら。

13／02／14

fragments

かつてあったある種の幻想を、いまはもうテレビがひとかけらも持ちあわせてはいない。昔、テレ・ビジョンときちんと呼ばれ、遠くにあるものが不思議とお茶の間に届いた（と思えた）。そこには、テレビに幻想を抱くひとびとがあふれ、制作側も視聴者側も、ぽっかり浮かんだ幻想の方形を見つめながら、仕事をし、それを愉しんでいたように思う。いま、その役割を果たしているものは、何なんだろう。いや、もう、そんなものは、必要なくなってしまったのだろうか。幻想の方形よ、どこかに、ぽっかりと浮かんで、この世界に漂いつづけていてくれ。

13／03／21

花はいつか枯れるから美しい。それはそうだろう。だから、悲しむことも、哀れむこともない。人生に完成形はないんだから、折々の日々にきれいであった記憶があれば、それでいい。

15／6／13

酒場にうっかり入ってしまう。あくまでも、うっかり。男は、寄り道がないと、おうちに帰れないのです。とまり木がないと、家に帰る〝勇気〟が持てないのです。

16／02／29

fragments

長いあいだ、生きていると、知らず知らずに、こころにキズが溜まります。それをすこしだけ綺麗にする日が、年にいちどの誕生日なんだと思っているところがあります。ただ、そのキズは、跡形もなく無くなるんじゃなくて、できれば、キズ痕がうまく残っていてくれていたらいいなと思います。いつか、キズ痕で、きれいな絵が描けるように。

14／12／25

近頃よく、調べた事柄や情報をそのまま書きつらねているような文章にでくわす。それはそれで得るものもあるのだろうけれど、読み手としては、なんとなくさびしい思いにとらわれたりする。書くことが、書きながら考え巡らすということであれば、読むことは、書き手の〝海〟に漂うことだろう。そうであるならば、書き手を書き手たらしめている所以は、いつもその言葉が発生したであろう原初に立ち会う意思なのだと思う。そのとき読み手は、きっとその隣に寄り添っているはずなんだから。

03/03/02

言葉がいったい何に因《よ》っているのかと思う瞬間がある。文脈のなかで、ある言葉の、流通する以前の感情に気付かされたときの、ここちよさは何なんだろう。物語を読み進めていて、突如、ストーリーとは離れた、ある比喩の場所に立ち会ったと感じるときの、わけ分からない高揚感は何なんだろう。言葉の持つ、言葉以前のなにかに届かせるため、いつも心を、潤沢に濡らしていなくてはならないのだと思う。

02／04／28

書くという行為に向かうとき、ぼくたちは自分の生活を凝視《みつめ》ている。楽しく、苦しく、多かれ少なかれ単調なその生活に耐えながら、書くことに引き裂かれていく自分を見いだしている。だから、「いいんだよ、書かなくても……表現はどんな方法でもできるから」。そう思い澱《よど》んだとき、すこしずつ自分のなかに凡庸がうろつき始めるのだ。いつも自分を相対化しようとする何者かであろうとすること。それは、並大抵のことではないんですね。ああ。

03/08/30

小説を書こうが書くまいが、小説に向かう心持ちのなかに、とてつもなくおもしろいものが隠されている気がする。まだ、ちゃんと言えないのだけれど、わたしのなかに入ろうとすること、わたしに踏みとどまろうとすること、わたしから出ていこうとすること、わたし以外の何者かであろうとすること……わたしの玩具、わたしの生活道具、いや、わたしから離れていくわたしの秘密基地。小説的なるものに向かって。

04／06／22

夜の学校が好き。あした起きれば、なにもかもが変わってしまっているかもしれないから。夜の学校では、いつもなにかが騒めいている。

13／11／15

小説は、そのことがわかるかもしれないってことに気づき、詩は、そのことが決してわかり得ないってことに気づくジャンルなんだろうな。

10／11／16

「集合体ペラゴス」はちいさな〝球根〟です。でも、なぜか周縁に向かって、何本もの地下茎が這っていて、遠くでいろんな花が咲き、樹木が育っています。仲間たちは、月にいちどだけ、山から降りて、小舟を漕いで沖へ出て、外海（ギリシャ語でペラゴス）で出逢います。酒宴もあります。狂歌もうたいます。船酔いするひともいます。ただ、いつもの「ペラゴス」に向かうには、必ずひとりで〝未知〟を進路としなければなりません。

98／03／28

＊「集合体ペラゴス」：倉橋健一氏主宰の文学私塾。大阪と神戸にある。

この一年くらいの間に、新しい仲間が急に増えた。各々、自分の居場所をみつけて、それぞれの風を起こしているのが気持ちいい。この会の発足当時は、女性軍が圧倒的に多くて、もっと男どもが欲しいぞよと思っていたが、最近の仲間は、いかにも頼もしき男どもが中心。男が増えれば、女どもも艶っぽくなる。ふふ、いい傾向なのだ。ただ、望むならば、かざぐるまを見せあう関係ではなく、かざぐるまの先に、かぜをみる関係でありたいと。

01／03／20

fragments

どうも旅しているときだけ、生きているように感じるこのごろです。そういえば、この会だって、いつも旅をしているようなものだった。逢って、佇んで、通わせて、さまよって、別れて、また逢って。結局は、酒に酔う以上に、ひとに酔ってきたんだ。

98／01／05

お久しぶりな夏が来ます。また来る夏を、あの頃の夏にフィードバックさせようなんて、野暮は言いません。せめて、銀幕のなかでだけ……っても、場末の映画館も見かけなくなりましたし、やけにダークに明るい世の中、芳雄さんも地井も、力也も、范文雀さえもあっちに逝っちまいました。ああ、生き残りは、竜也と芽衣子ぐらい。ここはもう、文学の砦で虚妄三昧、風来自堕落。相変わらずの酩酊《ベラゴス》船でございます。

18／05／30

失意と〝得意〟のはざまで、落ち込んでいた。ワインは、ぶどうの果汁が木のくぼみなどに溜まって発酵したものを飲んだことに始まるらしいが、おれなどは、流れなければ、澱んだまま。発酵・熟成などとはほど遠い。仲間といる至福と定例で逢う窮屈。だから、ときには、意図的にふっと消え、ときには、むやみに吠えたりするのです。

98／07／12

今年の節季は、例年より色濃く訪れている。急に、会が主催する特別講座も決まった。そこは、〝逢う〟ことの意味をきっちり問う場になるのではないかと夢想している。書くことでしか届かない〝未知〟に向かって、しみじみとはげしく。日々逢うことの怠惰より、〝逢わない〟時間の誠実を。

02/12/05

fragments

「集合体ペラゴス」は、漂流するメンバーたちが月にいちどだけ、ボロ舟を漕ぎだして出逢うという、〝邂逅的集合体〟としてスタートしました。その後、まだ初期の合宿の帰路に、ドストエフスキーを定例的にやっていくことが決まり、〝裏ペラゴス〟と名付けられ、月二回定例という現在のかたちが定着しました。ペラゴスは、けっして与《くみ》せず、決して定まらず、決しておもねず、途上でありつづけることを至上として、まだまだ、ふらりふらりと浮遊していきます。

10／12／18

倉橋健一先生が帰ってきた。入院先でも、「ぼくは文学しか、することがないから」と言って、高熱を発するなか、口述で朝日新聞の詩時評などの〆切をこなし、退院後に書く批評のための作品を読みつづけていた。それはまるで、日常以上に淡々とした入院模様だった。倉橋流はこういうところにもあるのかと、ぼくたちは思ったし、感心もした。ともあれ、この会は、発足以来初めて、一カ月の休養を得て、また、それぞれの舟を漕ぎだすことになった。いつものように、ふらりと出会えればいいのだけれど。

02／11／17

ひとは少なくとも、生まれる前百年と、死んでから百年には責任があるんや。呑み疲れた夜明けの酒場で、ぼそっと言ったのは、わが師・倉橋健一。たかだか三百年、されど三百年。世の動静を眺めていると、改めて、そのことを思う。およそ考えもしなかったことが、平然と起き、おれたちの生き方を愚弄する。だが、この会の、この場所にいると、その種子や処方は、きちんと過去の時代のなかにリフレインされ、さりげなく置かれていることに気付くんだ。『余白の春』『出エジプト記』『マルコムX自伝』『ジャズの本』『イリアス』『わが魂を聖地に埋めよ』……。歳を経ることに、識《し》ることは増え、考えることはふかくなる（はず）。かつて読んだ書物も、再びいま甦る。日本での、革命の季節はとうに過ぎたが、最後の最期の日まで、心と身体と命を、日々、革《あらた》めつづけるため、ひとはひとに、その書き物たちに学ぶしかないんだろうな。むふ。

15／04／10

転機というのはたしかにある。気がつけば、風が吹いて、別の場所にいる……。じつは、すこし前、文学が縁となって、いまの職場に転じた。もう長くは続けられないなと思っていた矢先だっただけに、たしかに救われた。ただ正直、文学が生活設計を変えるとは思ってもみなかった。〝虚〟が〝実〟を動かした。不思議なことだ。そんなことがあるんか……いや、あるんや……思えば、だれもが転機を迎える。リストラ、倒産、廃業、離婚、独立……。いろんな場所で、同じような話を聞く。かつての企業戦士がいとも簡単に路頭に迷う。突然、しずかに暮らしが終わる。だが、友よ。たぶんおれたちは、二度生まれのこどもたちなのだ。いちどは社会の子として、もういちどは、市井の、魂のちいさな固まりとして。二度生きる快楽をおおいに愉しむべし、誇るべし。

00／12／03

fragments

いったい自分は何に惹かれてこの地にやってきたのか……その答えをさがすために、わたしは生きている。いや、そうじゃないな。その問い自体をみつめるために生きていくんだろう。

09／04／03

この世には、なりたくないものがありすぎて、それらをすべて躱《かわ》していたら、いつのまにか、なりたいものになっていたという、この不思議。つまりは、〝ならず〟者。無残そのもの、無情そのもの、無上そのもの。ふふふ。

13／08／03

街なかで夜を明かすのも、夜明け前に家を出るのも、同じようなものだろう。闇をくぐり抜けたという意味では……でも、なにかが違う。夜を徹して、仲間たちと飲み、語り、彷徨《さまよ》い、夜明けを迎えたときの、あの、なんとも言えない徒労感は何なんだろう。確かに、日常を超えてしまったんだけど、そこにあるものの正体が分からないというような……なにかに行き着いたと思ったんだけど、かえって、行き場を失ってしまったかのような……あけがた、一瞬だけ確かに見える、夜とも朝ともつかない、モノクロームに紗がかかったような世界、街並み。一瞬、世界が止まったかのように。……それは、脳が見せるおれの内側の色なのか、街じたいが変質した色なのか。ああ、単に眠いだけ？　早朝から、ひとびとは仕事場に向かって、街を行き交い、おれは、仲間たちと、無聊《ぶりょう》を託《かこ》って、ここに取り残されている。こんな昼夜が、三日も続けば、その先に、綺麗なまぼろしが見えるだろうか。

95／11／23

fragments

ぼくは思っているんです。きちんと汚濁を潜り抜けないと、純粋な地平になんか、到底、辿り着かないんじゃないか、と。汚濁のその先にこそ、やっと〝純〟が垣間見えるはずだと。純粋培養なんか、くそくらえ。いまは、もっとふかく世俗にまみれ、ワイザツの渦のなかに呑まれていたい。裏切りの果てに磔死し、聖なる復活を遂げた、二度生まれのあのひとのように。

10／11／03

この齢になれば、新たに獲得するものよりも、からだに沁みたものをふかく温めて、そこからの転回に向かって生きるしかないのだが、世情は、予測以上に暗雲たちこめて、いまさら連帯でもあるまいが、〝孤立ゆえの連帯〟が強く問われるようにも思われる。竹中労の言った「人は、無力だから群れるのではない。あべこべに、群れるから無力なのだ」が妙に思い起こされる。群れずに、どう連帯するか。わからぬままの日暮れ。

13／01／11

男はだんだん気弱になるが、女はだんだん気丈になる。これ、自然の摂理。

14/07/22

やっぱり、ひとを想うことの温かさがいちばんだね。

13/04/02

かしこくないうたをうたいたい。えらくないうたをうたいたい。わからないっていううたをうたいたい。わからないことがふえて、わからないってことじたいがきちんとわかることもどんどんふえて、でも、さいごは、なぁんにもわからなくて、ごめんねっていううたを、うたいたい。あんなに、すべてわかっているとおもいちがいしていたむかしをなつかしがりながら。

１４／０４／２４

fragments

おれの住処《すみか》から最寄駅の途中には、幼稚園、小学校、中学校がそれぞれに離れて並んでいて、毎朝、行き交うこどもたちをちらと眺めながら、出勤する。昔は、喧しいだけで、あんなにイヤだったこどもたちが、いま、こころ和ませてくれるのは、何故だろう。ふと、おれは、見知らぬかれらとともに生きているんだなぁ、と思ったりもする。たぶん、おれが先に逝って（当たり前や）、かれらにその後を託すんだなぁと思うんだ。これって、いいことだろう？　あんなに嫌いだった学校が、おれを支えてくれている。で、ついでに書くと、老人ホームの前も、家族葬専門の葬祭場の前も通る。いわば、朝晩、人生を歩いてる。

14／08／05

男と男は、日々のちいさな約束と裏切りをくり返して、すこしずつ親友になっていく気がする。男と女は、交情も性情もお互い重ねて、バレて、バラして、すこしずつ恋仲になっていく気がする。男と男は遠いほどに近く、男と女は、ああ、近いほどに遠い。

13／10／23

こころに任せて、おれを置き忘れていたわけじゃないんだ。おやじが並べたみっつのグラスのひとつひとつが語りかけてくるので、わがこころは忙しく騒がしかった。

ひとくちめ、舌に触れたときは、キリッとした淡麗で、これがおれの酒かと感じたが、ふたくちめには、その美味が薄らいでしまった。隣のグラスに手を伸ばすと、これがふくらみのあるふかい味覚に感じとれて、ひとくちめの味との重なりが至福のよそおいに思えた。

さて、さらに酒を重ねる頃には、もう舌が味わい尽くして、酒種が重なり、舌にいつもの雑味が戻ってきてしまっていた。だが……ついに酔いしれて、はじめの酒にもういちど戻る頃には、重なり合った味がやっと溶けて、ああ、淡麗で凛々しく澄んだ、まさしく真水のごとき、きれいな滋味が戻っていたんだ。

忘れっぽい愛しきわが舌よ。おれをきちんと置き忘れて、静かな今宵。

16／02／03

ときには寝ころがって　地球の声を聴く　ときにはステップを踏んで　地球と交信をする　ときにはボールを放り投げて　球体同志を遊ばせる　地球の〝せつなさ〟がぼくたちに届きますように

02／01／01

わたしはいつか風になりたいと、恥ずかしげもなく、秘かに思っているのですが、決してそうはなれず、また来る季節を過ごしています。ひとは思い通りには生きられません。だけど、ひとに思われているようには、たぶん生きられる気がします。渡哲也の「雪萌え」といううたで、娼婦である奈良岡朋子が、客人である渡の帰り際、つぶくように投げかけます。「忘れちゃってもいいから、また来てね」……「忘れないで」じゃなく、「忘れてもいいから」。そんな哀感が好きです。

15／01／01

いちばんよわいひとが
いちばんつよいひと
いちばんさびしいひとが
いちばんあたたかい
なきながらうまれて
いつかほおえみながらゆくんだ
わかれるためにであって
きずつくまでこいして
かなしいくらいもとめて
いまもまだこころのなかば

13／01／01

泣くとき、男は、酒場でひっそり泣く。女はどこで？　たぶん、風呂場でひとり泣いている。ああ、だから、なかなか出逢えない。

18／08／15

きみはどこから来たの？　蜜柑の木なんてないのに……蜜柑の木を植えてあげようか。でも、もう間に合わないね。

13／09／04

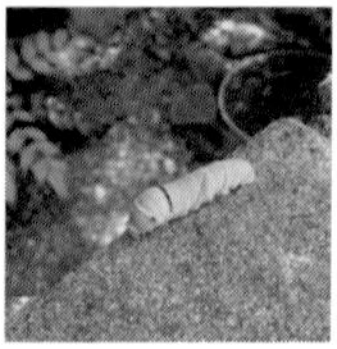

そのひとは、所在なげに、京都駅八条口のショッピングストリートを歩いていた。行き交うひとたちのなかにいることにすこし戸惑いの表情を浮かべて、ふいに立ち止まったりした。その姿は、かつての、すこしふっくらとして、でも頼りなげだった面影を消すように、ヒールにほっそりとしたからだを載せて、きれいに澄んだまなざしのなかに、キリッと自信を宿した気配さえ感じられた。ふと愛しい記憶が甦ってきた。声を掛けようかどうか迷ったけれど、いまはまだ、そのままにしておこうと思い決めて、そっと行き過ぎたんだ。あのひとは、ぼくのなかのだれだったんだろう。

14／11／27

娘に聞く。お風呂どうする？……先に入ってェ。まだ、目ェ外したりせな、あかんから……目ェ外すンかい、こわいわ。

もう出かけるで……ちょっと待って、まだ顔つくってへんから……やっぱり、顔はつくってたんかい。

おふくろが言う。ポテッと死ねたらええのになァ。うまいこと、血管、破裂してくれて、すうッと、あの世に行けたらええのになァ。……そこ、うまいことって、言うとこ？

14／06／24

酒を呑むことは、いつも、おれのなかにいるそのひとを想うこと。酒場では、大勢で騒ぐより、ひとりぼっちで佇むほうがいいに決まってる。すまんが、おれの場所をすこしだけ、空けておくれ。

11／01／29

岬には、さまざまな風が行き交っています。そのなかでぼくは、いつの間にか通り過ぎてしまった、頼りなげな風でありたいと思っています。

09／09／09

男女が長いあいだ、一緒に暮らすって、どういうことなんだろう。そのひとの一生を引き受けるわけでもなく、だからといって、いつか別れるということを前提にしているわけでもない。それは、ある限られた長い時間のなかで、そのひとを見届けるということに近い気がする。初めて会ったときのそのひとと、暮らし始めたときのそのひとは、すこし違っている。それが、十年も経てば、もっと違っているのだろう。所帯を持てば、生活の匂いも染み付くし、遠慮もなくなる。安らぎは生まれるが、油断も出る。生活を闘う同志って感じにはなる。すこし思うのだけれど、顔に年輪というものがあるとしたら、それは年齢を重ねてきたいまの顔だけじゃないんじゃないか。ぼくはいつも、どこか、関わってきたそれぞれの時間のそのひとの顔を、フラッシュバックして、パラパラまんがのように幾層にも重ねて見ている気がするんだ。それは、記憶のなかで、何百層、何千層にも重なっていて、過去の顔も瞬時に視《み》ることができる。それこそ、ぼくにしか視ることのできない顔なんだろう。それを綺麗と言わずして、なにを綺麗と言えばいいんだろう。

15/03/28

この店のドアは、ふたつある。
ひとつは、絶望に出逢うため。
ひとつは、もういちど希望に出逢うため。
開けた瞬間、遥かな懐かしさでいっぱいになるんだ……

13/05/01

まだまだ足りぬ。おれの純情と放埒。だれになにを求めたのか、だれになにを求められたのかわからぬまま。いまはただ、こころふるえるため、こころこがすため。哀しみよ、もっと堂々と、おれのもとへやってこい。わからぬことばかりのままで、わかるようになるまで。

10／09／01

放哉の放埒さは、度を越している。放哉側に立てば、なんか知らんが、世俗的にうまく行かんで、友人や妻を裏切ることになってしまい、アル中からも抜けられず、誰かを頼ったら、また、そこで一悶着起こすことになっとるんだよなぁ、どうしようもないぜ、ってわけだろう。

迷惑は掛けないほうがいいに決まってる。穏やかに生きられたら、そりぁ、そのほうがいいだろう。だが、放哉にとって世間は、そのようには機能していないのだ。そのジレンマのなかで、どうしようもなく、呟くように、句をしたためる。それしかないというように。

放哉の真っ当さって何なんだろう。ひとに迷惑掛けっぱなしだが、それでも、しかし、確実に、自己を追い詰め、その寂しさに耐え、句を、句だけは、手放さなかった。そこには、放り出すように吐き出した、ヒリヒリとした自己が渦巻いている。放哉はん、あんた、大概、しんどかったやろなぁ。

15／12／20

fragments

泰然自若たる、こころの刺青もんでありたい。けっして、おれなんかには、
なれないんだが。

12／12／07

「で、君のなかでは、どうなの」……で、大概、カタが付く。きっと、それ
でいいんだよ。

12／11／23

ひと知れず咲く花であってほしい。その花になにげに気づく男でありたい。

99／10／02

これを眺めているだけで、おれは、充分に、おれ自身になれる。そして、おれから遠く離れていける。で、お願いだから、もう一杯だけ。

14／06／12

この世界がどんな世界なのか、ぼくはまだ知りません。ただこの紙コップを指先で回すと、目の前で、街の風景がくるりと回って、ぼくのこころをやさしく包みます。これが、紙コップの世界だなんて信じられません。線画で描かれたその世界には、細やかに街が映りだされて、息づいています。実際の街とは反対称に。それは、ぼくの濁ったこころを諭すように、とても澄んだ町並みです。そうして、ぼくは気づくんです。ああ、ここにこそ街があるんだ……ぼくじしんの周りにも、って。世界に、きれいな街があふれていることにやっと気づくんです。

14／05／15

*目次写真参照。

おれは、ウォレットやiPhone、定期券などをすべてベルト留めを介して、チェーンで身体に繋げている。だから、身の回りのものを落とすことは決して、ない。だが、おれ自身を落とした場合は……ああ、その限りではない。もう探し出せるかどうか。

13／6／3

ぼくたちは、確かに、自分といういちばん近い他者を通じて、ひとを理解するしかないのだろう。ただ、意識的に自分という概念を外してみると、却って、自己がうっすら見えることも、ある。そんなとき、ひとは、風なんだなと思う。いつも外部に晒されていて、さびしい音を立てたり、他人《ひと》のさびしい音を聴いたりしている。そうか、ひとの本質は、さびしさなんだと思い切ってみれば、世の中のことすべてが、〝符に落ちる〟。やさしさも、勁《つよ》さも、孤立も、連帯も、闘争も……。

12／09／19

ぼくたちは、夢のなかだけでは生きられない。だけど、現実のなかだけでも、生きられない。日々、夢と現実を行き来することで、なんとか生き繋いでいる。死にたくなる気持ちから免れている。ひょっとして、夢と現実というふたつの生を生きているのかもしれない。だって、現実の生だけでは、この世は、辛すぎるだろ？ ひと同士の関わりも、社会のありようも……悲しみの共有さえ、ほんとは不可能だろ？ できるのは、せめて、ほんのひととき、思いをともにすることくらいしか……でも、それでも、絶望の隣にいるひとたちの場所に、必ず駆けつけるひとたちがいるんだ。救いは、一人ひとりのなか。ぼくたちのなか。

14／07／18

fragments

おとこは、鉄でできている。過度に硬くて、放っておくと、すぐサビる。おんなは、果皮でできている。噛めばニガいが、とてもよく香る。

13/03/22

飛行機乗りは、高く飛び回ることで、空に絵を描こうとする。農夫は、ふかく耕すことで、地球に爪痕を残そうとする。きみはいま、故郷に帰ることで、一匹のツマベニチョウになろうとしている。

13/05/30

「若いときの悲しみは、大事になさい。その悲しみがふかければふかいほど、年老いたときの豊饒のあかしになります」……夜の桜は、そんなことを話しかけながら、ぼくの前で咲き誇っていた。ぼくは思う。こころはいくらあふれても、あふれすぎることはない。だから、十分に使い果たそう。この夜空に咲く桜の花々のように。

13/4/22

どんなことばがきみに届くのだろうか。いつも考えているけど、たぶん、そう容易には届きはしない。だけど、どうしても言えないこのことばだけは、きちんと届いている。きっと。

10／02／14

世の中でいちばんキライなことば、自己啓発……やだね。「啓発本」の多さにうんざりする。だって、自己って、自覚的に考えた瞬間、ものの無残に、どこかへ消えちまう。おれたちは、もともと〝湧き出ずる泉〟なんだ。改めて考えるほどの自己なんて、どこにもありはしない。啓発？……なんて、されたくもねぇ。したくもねぇ。お願いだ、放っておいてくれ。

13／08／23

この村のあちこちにいる神の誘いを受けて、おれは、この集落にやってきた。世界が金色に染まるなら、おれはこの村で、墨絵になるだろう。この村に息づく生命たちに支えられて……この村には古代が息づく。いまも神が、おれたちをずっと眺めている。ここは、ＴＡＫＥＴＯＭＩ、蝶が乱舞する世界の中心。因みに、ＴＡＫＥＴＯＭＩには、〝ＴＡＫＥ　ＴＯ　ＭＥ〟っていう、しゃれたカフェバーがあって、これがなんと、大阪・京橋出身の男がやってる。はは。おれの愛する大阪ミナミや京橋と、ＴＡＫＥＴＯＭＩが、果てしなく長い地下道でつながっていればいいのだけれど。

１３／０５／２２

仰向けになって、両手を思い切り伸ばすと、どこかでコキコキと音がする。年齢を重ねたからか……その音を静かに聴いていると、ぼくが骨でできていることがおぼろげに分かってくる。ぼくという骨がコキコキ鳴って、全身をつなげて動いている。そのうち、思いが頭蓋骨に及び、頭蓋骨のことを考えはじめると、そこに脳がどっしりと構えていて、あたかもぼくが脳であるかのように、主張しはじめるんだ。ぼくは途方に暮れて、ぼくの行方をまた探し始める。

13／03／19

おもしろいやつだな、というのが、おれの、ひとに対するサイコーの賛辞。おもしろいって、軽く使うと、空虚な通過儀礼的なことばになってしまう。でも、ほかのことばじゃ言い表せないときが多々あって。この前、Hさんと話をしていて、おもしろ談義になって、Hさんが「おもしろいって、ほかのことばで補おうとすると、その意味がどんどん細っていくのよね」と言った。なるほど、補えば補うほど、細る。だからこそ、いろんな文脈やニュアンスのなかで、ことば通り、おもしろいと感じるところに、きちんと、おもしろいと言えなきゃ、いかんのですね。ふーむ、おもしろいことばだな。

14／10／03

わたしを、みんなと同じ、と差別しないで。それぞれ違うから、そのことで、生き延びる手だてを見いだしてきたのだから。わたしと違うあなたがいるから、わたしは安心して、こころおきなく、生きられる。不用意な死にさえ甘んじて、生きてられる。どうか、あなたと一緒と、差別しないで。

13／03／26

ぼくの夢は不思議に、ずっと続いています。あるときは、突っ走る、高さ200メートルもあるトラックの運転席のうえ、安全用の柵を必死に握っていました。あるときはまた、とんがった三叉路に立って、どちらにいくか考えあぐねていました。物語は続いています。昨日は、見知らぬ、たぶんモロッコあたりの港町に降り立っていました。遠くに大型船が何隻も行き交い、汽笛が鳴り、それはもうなつかしい気持ちでいっぱいでした。降り立つひとに紛れて、足早に歩きながら、ぼくはとても幸せな感情のなかにありました。やっと、ここにやってやってきたんだという、そんな思いがぼくを包んでいました。でも、すぐまた次の港に向かいます。トランジットこそが、ぼくのいちばん落ち着く場所……そんなふうに思っていました。

13／03／29

ひとりのひとを想えば想うほど、世界は限りなく拡がり、国家という名の幻想を想えば想うほど、世界は矮小に狭まっていく。ああ、もの言えば唇寒し、もの言わなくば眦《まなじり》霞む。これだけ長く生きていれば、なにかがはっきりしてきてもいいと思うのだけれど、浮かぶものはと言えば、遥か遠く、赤茶けた民家があって、そのくぐり戸がぼんやり揺れている、ということぐらいなんです。

17／05／31

かつてのおれといまのおれは、どこかでつながっているのだろうか。細胞は確実に入れ替わってしまっているだろう。脳だって、代謝はするが、分裂は終えたはず。残るは、たぶん関係性だけ。それに支えられた精神だけ。だが、あなたといるときのおれには、きっと変わりがない。だけどね、男子三日会わざれば刮目せよ……まだまだ、まだだれも知らないおれになりますからね。ふふ。

17／02／22

「旅行の実の楽しさは、旅の中にもなく後にもない。ただ旅に出ようと思った時の、海風のやうに吹いてくる気持ちにある」。朔太郎のこのことばが好きだ。いつも、どこかへ、ここでないどこかへ、と思い募り、ついに、あの場所へと、思い立ったときの、まさに、〈海風のやうに〉向こう側から吹いてくる感情にこそ、わたし自身があると思って生きてきた。わたしのなかにあるものなんて、たいしたことはない。いつも、なにかに揺さぶられて、風に吹かれて、やっとわたし自身になるんだ。またいま、ちいさな感情の胚子がわたしのほうへやってきて、わたしを揺さぶりはじめている。旅に出ようと思う。

09／09／09

さぁ、もう数時間もすれば、夜明け。町いちばんの、ブルーリーフの塔に、一陣の風が吹き渡り、ミモザがそよぐ。長い時間を掛けて、すこしずつ、きみを好きになってきた気がするんだ。

13／04／29

夏の匂い……ここは、いつかの外海《ペラゴス》です。

93／06／13

遊行

Pという男

ひとに刺されても、じぶんからは刺さない。
Pは、そういう男。

だから、ひとから絶対刺されない。
Pは、そういう男。

還暦過ぎたら、自分がだれだかわからないくらいに変幻自在で、
なにも隠さない、隠そうとしない。
Pは、そういう男。

だから、どう装っても、きちんとPに見える。

Pは、そういう男。
求められる場所には必ず向かい、思わず相手を抱きしめ、手を握る。
Pは、そういう男。
また来年もやってくると確信し、あらゆる場所に立つ。そこで歌いきる。
Pは、そういう男。
昔のうたも、いまのうたも、まだ生まれていない歌のようにうたう。
Pは、そういう男。
Pがうたう歌はすべて、いま必要なうた、いまやっと届いた歌に聴こえる。
Pは、そういう歌をうたう。
どんな山の中でも、ちいさな集会でも出向き、寸暇を惜しんでうたい、すこしだけ眠る。
Pは、そういう男

ついに生涯いちどだけ歌いながら眠ってしまう。
Pは、そういう男

ひとはよく苦節十年って言うけど、おれは、屈折十年なんだよ、って言う。
Pは、そういう男。

「頭脳警察は、どんな党派よりでかいと思ってたからさ、人数は少ないけど」
Pは、そういう男。

反対するなら、生涯掛けて反対する。
それがどんな場所でもどんな相手でも。いつでも、いつまでも。
Pは、そういう男。

世界が凍ったら、きっと一緒に凍ろうとする。
凍ることで温かくできると信じる。
Pは、そういう男。

強風で譜面台が倒れ、アンプの電源が落ちても、ゆっくり譜面台を起こし、
譜面を養生テープで貼り付け、やおらナマでうたう。
Pは、そういう男。

それでも、最後には、風よありがとうって、言ってしまう。
Pは、そういう男。

Pって、そういう男なんだよな、って言うと、
いや、おれは、お前と同じだよ、って言う。
Pは、そういう男。
それだけの、どこにでもいる、どこにもいない男P。

擬態

見知らぬちいさな埠頭に
ざわつくトランジット
軍靴が蒼霧のなかに迫り
遠く咽ぶ汽笛がおまえを揺さぶる
おまえでないもののために
生き延びよ
おまえでないもののために
くたばれ
流水は騒ぎ
行水は朽ち
雲水は焼け

洪水は茶飯事
脳髄は戯れ
延髄は撓《たわ》み
美顔水は呑みこまれる
ついには竜吐水《りゅうどすい》が燃える
殻は籠るため
殻は衛《まも》るため
殻は息衝《いきづ》くため
殻は破るため
殻は砕けるため
瓶は仕込むため
瓶は宿すため
瓶は抱えるため
瓶は投げるため
瓶は弾けるため

葉は交わし
葉は千切れ
葉は深まり
葉は自問し
葉は撃つ
ああ迂回
ああ迂闊
ああ孵化
おまえでないもののために
アヴァンギャルド
おまえでないもののために
アナーキズム
おまえでないもののために
アンダーグラウンド
だから

ほんのまる儲けを
もうすこしだけ
群青色にしておけ
朱色じしんを悲しむな
朱色じしんを蔑むな
朱色じしんを謳え
題名を消失せよ
おまえでないもののために
ただ艶づき
生まれ落ちよ
岸壁のポラードが叫ぶ
見知らぬちいさな埠頭にて

まあな。

「まあだだよ」と言ったときが、おれのはじまり。

ほしいものは、
恋でも夢でも、
凪でも海でもなく、
風が吹いたあとの、雲の切れ間。
海が凪いだあとの、潮の残り香。

「まあな」と言ってるうちが、おれの途上。
「またな」と言ったときが、おれのおわり。

覚束《おぼつか》なくも覚束なき。

ほしいものは、
まだ温みの残るにぎりめしの、零れたひと欠片《かけら》。

流言

流言隠語
変幻無罪
委細面喰
面目熟女
美人頑迷
家内憮然
不憫密通
細君隆々
雄心勃発
虚実暗幕
言語満天星《どうだん》

いとしきひとよを
ときづつめこるち
しめかりたしのめ
きくにつるへふや
おこものやのちも
そこへまみせまま
そろてらにてでた

神妙奇天烈
住職不逞
女給自足
維新腐乱
国色悄然
変態続出

百戦連座
万事窮鼠
純情禍乱
色即悟空
怪盗乱舞
略式決起
造反万理
彼岸達成
親鸞万象
沈黙躍如
遊体洒脱
四言絶句
流言秘語

素描

ただみつめていたのです。

空と海の、あわい。
おんなの、首筋の儚さ。
ひとさし指の、行方。
もう逢わないと決めた、あのひと。

昨夜、かぼそく啼きながら逝ったブーケのこと。

自轉《じてん》

初めて逢ったとき、キミは生まれたばかりのハシナガイルカだった。

水面をぴょいっと跳ねて、ボクからするりと逃げた。


次に出逢ったとき、キミは、上目づかいに、じっと覗き込むシャム猫だった。

飴色の革ジャンを気持ちだけ着崩し、大きな瞳を見開いて、愉しげにささやいた。

「カフェにいるのが好き。だって、あしたを思い描いていられるもの……」


三度目に逢ったとき、キミは、ボーイッシュなコウテイペンギンだった。

人通りの絶えないアーケードを足早にスキップしては、急に振り返り、ボクを驚かせた。

「浮き立つ感じが好き。現実が変わらなくてもね」

その次、逢ったとき、キミは、憂いを含んだコハクチョウだった。
手品リングのように大きな耳飾りをゆらゆら揺らしながら、
涼しげに、でも、すこし頼りなげに、言った。
「生きるのに、せいいっぱいなの」

五度目には、キミは、ウスキシロチョウだった。

そこにいるはずなのに、声だけがかすかに残った。

「あたし、もうだめみたい……」


その日からキミは、いなくなった。

地球の裏っ側《かわ》にひとりっきりでいると、風のうわさに聞いた。

「なにもかもよく分からないから、漂っているしかない……」

地球はくるくる回り、キミもくるくる回った。
ボクも、ボクのあたまの中を、くるくる回り続けた。

あっ、それから、どれだけの時間がたったんだろう。

ある日キミは、恥ずかしそうに帰ってきた。
長く伸ばした髪を指先でいじりながら、ピグミーゴートのように、
ふ、ふ、ふっと笑った。

そのとき、ボクは気づいた。
キミはいつだって、生きてるすべてを愛《かな》しそうに抱えていたってことに。

そして、つぶやいたんだ。
「カフェにいるのが好き。ずっと夢見ていられるもの……」

螺鈿

海の匂いがする。夜光貝、鮑貝、あこや貝、白蝶貝、黒蝶貝、メキシコ貝
……螺鈿は、貝の内側にある海を採りだしてくるんだよ。

真緋《あけ》

夕陽よ
お前があの高層ビル群を赤く紅く赫《あか》く染めるなら
おれたちもやがては息を吹き返すのだろう

どこかにまだ眠ったままの
断念したおれの朱い魂をぐいと捻り出して
しばしその陽に晒そう

そのとき朱と赫が溶け合って
かつてない真緋《あけ》色が生まれたとしたら
一本の蝋燭を差し出してそこからちいさな火をもらおう

その火を手に遠い遠い旅の果て
山間のちいさな集落にいて火がまだ微かに燃えていたら
その村でひとりしずかに暮らすことにしよう

いつか右も左も赤い旗はいらないと迷わず言えるまで
孤塁こそが火色なんだとひと知れずつぶやけるまで

初老の男

ここにいるのは、たしかに初老の男。酸いも甘いも嗅ぎ分けられるほど、長く生きた男だ。男は思う。おれに、壮年時代があったのだろうか。ふーむ、はなはだあやしい。ものごころついてから、ずっと少年だった気がするが、そこからが、そうだ、成長した記憶がない。ある時期、すこしは、青年の匂いもさせたはずだ。恋もした。だが、気がつけば、少年に逆戻りし、何年かが過ぎてしまった。女たちが、少年のこころを抱えたままね、と微笑みながら言ってくれたが、結局、それは、成熟しなかったということではなかったか。それが急に、初老だ。ある日、初老はやってきた、ポキッと枝が折れるように。そうして気づくと居すわっていた。指の先や、肩、腰、足元、眼球のなかに……だが、初老よ。この老いの感覚は、おれには目新しい。茶碗を落とす。足がふらつく。記憶が、ふと飛ぶ。簡単にできたことができないことに、戸惑う。たぶん、徐々に、もっと、できなくなる。じゃあ、できなくなることで、できるようになることって、なんだ。それは、欠落、忘却、放下、ふふふ。そしてついに、できないことができないままに、なにかが、ぐぐっと伸びてきて……。それが成熟というものなのか。こうなれば、いっそ、できないことを愛おしみ、忘れることを楽しんでみるか。茫然自失もいいものだ。妄想という手が残ってる……男は、ここんとこずっと、そう、嘯《うそぶ》いている。

遊行《ゆぎょう》

無理やり嫁がされて、一緒になった新郎の下駄が、軒先に見えるだけで虫酸《むしず》が走り、ある日、惚れた男を追いかけて、満州に渡ったきり、三年も帰ってこなかった。戻ってきたときには、食うや食わずの身ひとつで、それでも、ふふふっと笑って、SHINSEI《しんせい》を旨そうにふかせた。富士山から名前をもろうたのが自慢……つまりは、フジコ。

その後、道頓堀のカフェーで知り合い、好き合《お》うて、再婚した男との間に、三人の娘を授かった。

カフェーで付き合っていた頃は、金離れがよくて、気っ風もよく、ポケットから小銭を出す仕草などが無造作でさりげなく粋に見えて、そう思っていろいろ眺めているると、その仕草のどれもが私好《わて》みと思い込み、三日もしないうちに、このひと無しではと思い詰めるまでになった。でも一緒に暮らしてみると、なんのことはない風来坊のひとこと。それはそれはまあ生活には向かんこと甚だしく、ただ家《うち》に帰ってきたときは、こよなくやさしく、「大丈夫かァ」「面倒かけるなァ」「しんどいやろなァ」とくぎりなく宣《のたも》うた。惚れた欲目か、それだけで慕情はふかまるばかり、男ぶりと、粋な仕草だけがこの眼に焼きついた。

この男、結局、遊び癖だけはなおらず、博打とおんなに入れ揚げて、男の母親が長年にわたって高利貸しをして溜め込んだひと財産も、すっかり使い果たした。それでも、フジコは「まあこれで、さっぱりしたわ」と言い放った。

三女の手が離れる頃に、男は戦地に赴き、フジコは娘三人を抱えて、なんとか戦火を免れ生き延びたが、何もかもが理不尽に無くなるもんやという思いが染みついた。男が、終戦でぶじ復員してきたと思ったら、放心状態が続き、しだいに家に寄りつかなくなり、ある日、「たばこ買うてくるわ」と言って、出かけたまま、もどらなかった。その男、一年後、驟雨のなか、京阪電車の千林駅前近くで自転車を走らせて、後続のトラックに引っかけられて、三十五歳であっけなく死んだ。それが、正吉。

正吉には、すぐ下に弟がいたが、こちらは、東映の東千代之介に弟子入りをし、役者修行をしていて、ひょんな拍子に筆力を見込まれ、ホン書きに転身、「源太郎笠」の脚本を書いたまではよかったが、書き急いだのか、ヒロポンを打つようになり、最後は神経をやられて、荒れ狂ったうえ、自殺した。ほかに、上に二人、下に二人、姉たちと妹たちがいたが、そのうち二人は、幼い頃に早逝、あとの二人は、大阪大空襲の折、京橋にいて巻き込まれ、唐突に世を去った。

正吉は、端唄、小唄が好きで、死んだ日も、自転車を漕ぎながら、たしかになにか口ずさんでいたようだったと、現場を通りがかった男が伝えた。

「春雨にしっぽり濡るる鶯の／羽風に匂う梅が香や……」

それを聞いたフジコは、天を仰ぎ見て、とめどない涙を口惜《くや》しそうに拭いつづけたという。

フジコは、庄吉が事故死したことで、気持ちにもひと区切りがついたのか、阪和線の熊取で、トラック会社からの示談金をもとに、お好み焼き屋を始めて、器量だけは人一倍良かったから、昼夜問わず客絶えず、ただお好み焼き屋かカフェーかよう分からん状態で、それでも持ち前の気丈さで、客の男どもをうまくサバいて、暮らし向きを支えた。きりっと着物を着こなしてブタ玉をひっくり返すその仕草が、男どもの歓心を買った。口癖は、「おんなはなァ、なんやかんや言うて、いつもハラ決めてなあかんねん」。店で荒れる客が来たときには、きっぱり啖呵を切った。「帰り！　あんたは、出入禁止《できん》やって、言うたやろ！」

娘たちのほうは、若い頃から家計支えながらも、長女が、初婚で、アパート経営をしてる中年過ぎた男の後妻に入って、きちんと添い遂げ、次女は、ええ衆《し》の長男と同棲して別れて、子ども産んで、洋裁の腕磨いて、子どもと二人、気丈に暮らし、三女は、船場・小間物問屋の次男で、電電公社に勤めてる男前の若ぼんと普通に結婚して、「やっぱり親方日の丸や」と言うのに、日の丸ぜんぜん信用してるふうでもなく、それぞれ思うままに、それでも、それなりの堅い暮らしを築いたり、といっても似たもの同士、みんな揃って河内音頭が大好きで、年に一度、和泉府中に集まったら、もう明け方まで踊り通し、騒ぎ倒して、まるで夢ン中のような一夜を過ごした。

「エ〜　さては一座の皆さまへ　ちょいと出ました私も　お見かけ通りの悪声で　ヨーホーホーイホイ　七百年の昔から　唄い続けた河内音頭に乗せまして　精魂込めて歌いましょう……聞けば　キケバ　心もちょいと　浮き浮きしゃんせ　気から病も　アアンアアンアー　出るわいナ……八千八声《やこい》のほととぎす　血を吐くまでも　血を吐くまでも務めましょう」

フジコは、三人娘をなんとか育て上げると「みんな、あとはまぁ勝手にしいや」とひとこと残して、さっさと阪急電車・庄内駅近くの四畳半一間のアパートに引っ込むと、ひとり暮らしをはじめた。若い頃、天王寺さんで、「のぞきからくり」などをよく観たせいか、次女がときおり、十歳足らずのひとり息子を連れて訪ねていくと、いつもコップ酒を枕元に置いて呑みながら、旨そうに相変わらずのSHINSEI《しんせい》をふかせて、「不如帰《ほととぎす》」のひと節を好んでこの息子に聴かせた。

「三府《さんぷ》の一《いち》の東京でェえェ、波に漂う武士《ますらお》がア、はかなき恋にさまよいしィいィ、父は陸軍中将にて　誉れも高き家柄のォおォ　人もうらやむ器量よし
　その名は片岡波子嬢……ああ波さんよ　なぜ死んだ　僕は武夫《たけお》じゃ　いまひと目　その声聞いて　父中将　思わず知らず　手をにぎり……じつに哀れな　ほととぎすゥ」

「ふと目ェ覚ますと、正吉っつぁんがな、枕元に座ってるンや。ただ黙ってな。まあ、懐かしいやら、ハラ立つやら……あんた、なんかしゃべりィや、

って、言うたンねん」

「やっぱり、ええ男やったなぁ。上原謙によう似てた。ちょっと出来は悪かったけど……粋やったからなァ。正吉っつぁんの姓継《なまえつ》いでんのは、おまえだけかいな。おまえも、まだちっちゃいが、ええ男になりや。酒はナ、浴びるほど呑めんと、男やないで。おなごはほどほどにせなあかんけどな」……

（バアちゃん、ぼくを何歳やと思《おも》てんのやろ？）

「おまえもよう見ると、男前やから、もちょっと大きかったら、バアちゃんと所帯持てるんやけどなぁ……あ、あかんか。親戚やった……せやけど、夫婦も、子どもを仲介した親戚みたいなもんや。うーん、やっぱり、惚れた腫れたで、ふたり逢うてるときが一番やなぁ」……（よう見んとあかんのん、ぼくの顔）

娘たちを頼りもせず、ひとりで生きて、ほんで、最期のころは、「はよ死にたいわ。この世にもう未練ないし、正吉っつぁんに逢いたいわ」って言うてた。

まあ、あっさり逝ってしもうたバアちゃんやけど、最近、さっぱりご無沙汰や。どないしてる、バアちゃん。なんかしゃべりィや。

たくみな上方ことばのかもし出す哀愁《ペーソス》と小気味よいメッセージの世界
――『わがふらぐめんと』をめぐって

倉橋健一

東野岬さんとは私が大阪文学学校にかかわった最後の時期、この学校で出逢った。まだ小野十三郎さんが校長ということになっていたが、高齢のため出講がままならなくなっていた頃で、それでは寂しかろうということで、ときに私は用事をつくると、周りの在校生の皆さんには「いっしょに行かないか」と声をかけて、昭和町の長屋住まいの小野宅に連れ立って出かけたものだった。そのとき同伴したひとりに東野さんもいた。短い時間だったが、小野さんは楽しげに歓談して、皆んなにそのつどいい思い出を残してくれた。

私が文学学校を引いたのは一九九二（平成四）年三月だったが、そのとき、「あんたがやめるのは勝手だが、残されたおれたちへの責任はどうなるんや」ということが、教室のなかですこしばかり問題になった。「じゃ、月に一、二回勉強会でもやるか」

ということになってスタートしたのが、今も続いている「ペラゴス」という文学私塾のはじまりで、以来、組織的形態のいっさいない位置だけの、一回一回出入り自由の恣意的な、月二回の文学サロンとなった。

スケジュールは私が立てるが、何か月か毎、スケジュールが切れかかると、「ペラゴス通信」というハガキをまわりのしたしい知人たちに発送する。今、手元にあるのをみると、今年五月発送のもので103便になっている。この103便まで、ずっとひとりで引き受けてくれたのがこの東野岬さんで、この作品集の三つあるパートの二つ目に収められた「ふらぐめんつ九十五葉」こそは、そのたびに彼が書きつけた口上書だ。

ごく控え目に、みずからの消息やちょっとした文明批評など織り交ぜながら、「気がむいたらおいでください」と誘いかける。それがなんとも人なつっこくて、今ではかなりの遠隔地の人からもハガキだけはくれといわれる。ほどよいインテリジェンスにも溢れて、この会のゆいいつの広告塔になっている。読んでもらえばわかることだが、二つほどは紹介しておこう。

この齢になれば、新たに獲得するものよりも、からだに沁みたものをふかく温めて、そこからの転回に向かって生きるしかないのだが、世情は、予測以上に暗雲たちこめて、いまさら連帯でもあるまいが、〝孤立ゆえの連帯〟が強く問われるようにも思われる。竹中労の言った「人は、無力だから群れるのではない。あべこべに、群れるから無力なのだ」が妙に思い起こされる。群れずに、どう連帯するか。わからぬままの日暮れ。

１３／０１／１１

飛行機乗りは、高く飛び回ることで、空に絵を描こうとする。農夫は、ふかく耕すことで、地球に爪痕を残そうとする。きみはいま、故郷に帰ることで、一匹のツマベニチョウになろうとしている。

１３／０５／３０

清水昶さんの後輩にあたる同志社大学法学部政治学科卒。私が出逢った頃は、「生活産業新聞」という大手の業界紙の副編集長をしていた。早くから竹中労に惹かれていて、それが私などと早く会わせたところがあった。竹中労といえば戦後アナキズムの系譜にあって、60年代の終わり頃には東京・山谷に解放委員会を組織して、東京都庁乱入事件で検挙されたり、独特なアウトサイダーぶりで光芒を放つ思想家だが、沖縄の島唄などを精力的に本土に紹介するなど、大衆社会の動向にも深い関心を示した人情家でもあった。東野さんの惹かれ方がどのあたりにあるかは、あえて竹中労の出てくる文を引いておいたので、お察しいただけたらと思う。文学学校では、「ゲンさん」という大阪ミナミで知った屋台のおじさんをモデルにした小説を書いて、これが織作調の戯作派の文体で私は大いに期待したものだったが、作品行為はそこでいったんとまってしまった。しかし、その片鱗は、今度のこの作品集のうちに随所に見える。

たとえば巻頭に置かれている「ミシン」などは、散文詩篇として載せているが、手法的にはどうみても小説に類する。「うち」と上方ことばで自分を呼ぶひとりの女性をとおして（というよりもこの人物を視点人物とすることによって）、その女性の両親を親というより、一対の男女の組み合わせとしてとらえ示そうとする。終わりのほうで、

そうや……あのひとは、あのとき、おかあちゃんに、うちが大学行ったり、就職したり、結婚したりするときに、私生児やったら、困ることあるやろから、認知だけでもしたってって頼まれて……

と、多少なりとも作者自身の生い立ちが影を落とすが、そんな斟酌はいるまい。むしろ、ここらあたり、太宰治がよくやった女ことばによる語りなどかさねてみるほうがよい。それにしてもこの物語、語り手のなかにみじんの暗さもない。むしろあっけらかんとしたところにペーソスがたちこめる。そのための大阪ことばのつかい方がなかなか堂に入っている。

「K」のKというむすめのあつかい方も面白い。

ある日　まちをひとりで歩いてたら
失踪したままの父さんが　若い女の子と腕組みながら近づいてきたの
そしてね
「よォ　元気か」って
あたしは「うん」とだけ言って　なんにもなかったかのように通り過ぎたけど
おなかのなかでは　なんだかヘンにおかしくって
「もうすこし　うまくやりなよ」って言ってやりたかったさ

この点、さらにスタンスをしっかり小説において書かれているのが掉尾に置かれた

「遊行」。そこでこの作品集、「ミシン」と「遊行」をぎょうざの皮のようにして、中身が九十五葉の「ふらぐめんつ」になる。こうしてみればなかなか変幻自在、単純にジャンルで割り切ることのできない物語集と相成った。先々猛期待していい予感がする。私の目の黒いあいだにつぎの一冊だ。

二〇一八年葡萄月《バンデミィエール》

あとがき

それなりに編集作業を進めてきて、やはり、自著を創る愉しみは、携わってみないと分からないものだなというのが実感だ。他人の本は、何度か編集に関わってきたし、出版社には、生業として属してはいるけれど、自著は、また格別……

さて、社会人生活は、広告代理店勤めからはじめたから、この指先には、しつこく、コピー感覚が巣くっていて、どうもコピーめいたものを書きたがる（コピーライターのコピー。開高健の時代には、文案家なんて言ってた）。

なかほどの「ふらぐめんつ」には、それが見え隠れする。もっとも、そういう表現が好きだということもあるのだけれど。

実は、それら「ふらぐめんつ」を、秘かに〈青くてちいさな物語《エンタメ》〉と呼んできた。いくら年齢を重ねたって、アオっぽさは、奥底で生の助けになるだろうと信じているからだ。たとえどんな一行であっても、そこにはちいさな物語が秘められていると、勝手に思っている。

かつて、わが恩師である倉橋健一さんから言われたことがある。いつものように、酔っぱらった席でのこと。

「おれはなぁ、東野の書いたものを、またいつか読むために、こうしていつも、おまえとつきあっているんやぞ」

ありがたいと思った。(このひとは、酒を飲んでいるだけのおれに、表現者として、本気でつきあってくれている)。

その頃のわたしは、実社会での生活や仕事に熱中していて、書くことに割く時間をつくろうとはしていなかった。書かなくても、生きては行けると、そうタカをくくっていた。生きていること自体が、真っ当な自己表現なんだから、書くことなんて必要としないと。まあ、何だ彼んだ言って、ひたすら「生活するひと」だったのだ。

しかし、人生が存外におもしろく感じられたのも、そのなかに、虚と実が混ざりあっていたからで、いまの職業に就いた契機も、文学という〈虚〉がひとつのご縁になっている。小中学校の国語科に関わるという、好ましき場所に位置していられるのも、幸いというべきものなんだろう。

わたしは、決して詩人ではないし、詩人にはなれないとも思っているから（たぶんひとから見てもそうだろう）、思いとしては、ちいさな〈ことば屋〉くらいになれたらいいと考えているだけだ。歌手の石川さゆりが、自らを「うた屋」と言ったほどの自負が、わたしにはないのだけど。

この作品集をパラパラとめくっていただいて、どこか一行でも、こころに残るところがあれば、うれしい。たまに思い出して、気まぐれに開いていていただけたら、これはまた、さらにうれしい。

こうして一冊の本に絡めて、改めて読んでみると、たったひとつのことしか、考えてこなかったんだなと思えてくる。どんな形式を採ろうと、同じ思いを書いているような気がしないでもない。でも、所詮、ひとはきっと、生涯を通じて、ひとつのことくらいしか、きちんとはやれないのだろう。書くという行為も、ずっとひとつのことを考えつづけるということに尽きるんだろう。

今回は、とりあえず、胞子のようにある断片を散りばめて、一冊の本に仕上げてみたが、いまのわたしは、さまざまな外部によって、内部を呼び込むこと、そうして、その〈内心の自由〉に従うこと、そのことに忠実でありたい。

蓮根に例えれば、外部の力で風穴がどんどん空いて、穴だらけになって、ついに、穴自体、もうどこにも見えないというところにまで行ければ、そこに、すこしだけ、わたしがいて、わたしの作品があるのかもしれない。それは、たぶん、ちいさなちいさな小説というスタイルを採るのだろう。

人生の師匠でもある倉橋健一さんに改めてお礼申し上げます。また、版元・澪標の松村信人代表にも、ふかい謝意を。さらに、「集合体ペラゴス」の仲間たちと、詩誌「イリプス」の同人たちにも感謝したい。わたしをここちよく自由に遊ばせてくれている相棒にも……（「ペラゴス」は、外海、「イリプス」は、楕円の意。しかし、たいがい、ギリシャ語が好きやなぁ）

そして、装幀家の上野かおるさん、ありがとうございました。あなたのおかげで、すてきな革袋を纏えました。

書くことは、やはり、つらくておもしろい。

秋深き日に　　　　　　　　　　著者

初出一覧

ミシン　「イリプスⅡ」15号　2015.3.10
放置　「イリプスⅡ」20号　2016.10.10
恋情　「イリプスⅡ」23号　2017.10.10
得恋　書き下ろし
道行　「イリプスⅡ」16号　2015.7.10
夕凪　「イリプスⅡ」16号　2015.7.10
研ぎ屋　「イリプスⅡ」20号　2016.10.10
K　「イリプスⅡ」13号　2014.5.20
ハウス　「イリプスⅡ」26号　2018.11.10
ふらぐめんつ　九十五葉　「ペラゴス通信」「weblog 風の岬」
Pという男　「イリプスⅡ」20号　2016.10.10
擬態　「イリプスⅡ」17号　2015.11.10

まあな。	「イリプスⅡ」	23号	2017.10.10
流言	「イリプスⅡ」	17号	2015.11.10
素描	「イリプスⅡ」	23号	2017.10.10
自轉	「イリプスⅡ」	13号	2014.5.20
螺鈿	「ペラゴス通信」		
真緋	「イリプスⅡ」	13号	2014.5.20
初老の男	「イリプスⅡ」	13号	2014.5.20
遊行	「イリプスⅡ」	14号	2014.11.10

東野 岬（ひがしの　みさき）

1953年生、大阪府出身。
詩誌「イリプス」同人、「集合体ペラゴス」世話人、
「ぽっちの会」主宰。
同志社大学法学部政治学科卒。広告代理店、業界紙
編集長を経て、教科書系出版社支社長。

わがふらぐめんと
二〇一八年十二月二十五日発行
著　者　東野岬
発行者　松村信人
発行所　澪標《みおつくし》
大阪市中央区内平野町二・三・十一・二〇二
TEL　〇六・六九四四・〇八六九
FAX　〇六・六九四四・〇六〇〇
振替　〇〇九七〇・三・七二五〇六
印刷製本　亜細亜印刷㈱
DTP　山響堂 pro.